# EMILE BERGERAT

# L'Impromptu de Ville-d'Avray

## INTERMÈDE

Représenté pour la première fois

SOUS LA TENTE WILLIS, A VILLE-D'AVRAY

Le 24 Juin 1888

PARIS

ALPHONSE LEMERRE, ÉDITEUR

23-31, PASSAGE CHOISEUL, 23-31

M DCCC XC

*ÉMILE BERGERAT*

---

# L'Impromptu de Ville-d'Avray

## INTERMÈDE

Représenté pour la première fois

SOUS LA TENTE WILLIS, A VILLE-D'AVRAY

*Le 24 Juin 1888*

PARIS

ALPHONSE LEMERRE, ÉDITEUR

23-31, PASSAGE CHOISEUL, 23-31

M DCCC XC

MADEMOISELLE PANOT (de l'Odéon) . . . . . .    *Jouée par elle-même.*

MONSIEUR BERR (de la Comédie-Française) . . .    *Joué par lui-même.*

ÉMILE BERGERAT

# L'Impromptu de Ville-d'Avray

BERR

Il s'avance, le chapeau à la main, il salue l'assemblée et feint un vif embarras.

Mesdames et Messieurs, la charmante Panot
*Nous manque, et je ne puis (en anglais " I can not ")*
*Jouer tout seul. — L'absence, à coup sûr est bizarre.*
*Soit qu'arrivant trop tard en gare Saint-Lazare*

Elle ait raté le train qui sert Ville-d'Avray,
Soit qu'on l'ait enlevée, il n'en est pas moins vrai
Qu'elle nous fait défaut. Sa défection, certe,
Depuis Sarah est sans exemple, et déconcerte!
Contre elle, dans le sein de l'Odéon, Porel
Exerçant justement son pouvoir temporel
Eût sévi. Mais ici, dur homme, tu t'amendes,
Et les amandiers seuls nous donnent des amandes.


POREL, dans l'enceinte.

Ah! Berr, vous abusez des vacances!


BERR

                    Pardon,
Ce n'est qu'un calembour, ce n'est pas un lardon.
          Se drapant fièrement.

Et d'ailleurs j'appartiens à la Maison-Modèle!...
          Il va au fond.

Il m'étonne que nous n'ayions pas un mot d'elle.
Je me plais à penser, comme on dit quai d'Orsay,
Qu'elle s'est endormie en lisant son Sarcey
Du dimanche, et qu'elle entre à présent dans Versailles.
— Mais que vois-je? Une ombrelle écarte les broussailles.


MADEMOISELLE PANOT, dans la coulisse.

Au secours!

BERR.

*Est-ce vous ? camarade ?*

MADEMOISELLE PANOT.

*Oui, c'est moi ! — Je me meurs !*
*Est-il dans ce pays un surveillant des mœurs ?*
*Quelle aventure ! Elle est par Scribe même ourdie ?*
*Je venais par les bois, toute seule, étourdie*
*Du bruit de mer que fait le vent dans les sapins,*
*Et comme j'ignorais la route, deux lapins*
*Qui frisaient au soleil leurs moustaches de reîtres*
*Me guidèrent... ô Berr, les lapins sont des traîtres.*

BERR.

*Quand on les pose, oui !*

MADEMOISELLE PANOT.

*L'immense accordéon*
*De la brise emplissait la nature, Odéon*
*D'été, que le bon Dieu subventionne ou gère.*
*Ils bondissaient charmants par-dessus la fougère,*
*Et de tous les rameaux transformés en guignols*
*Jasaient des becs qu'on dit être des rossignols.*
*Tout à coup, sous un hêtre, et sur un banc fait d'herbe,*
*Horrible à renverser Boulanger et Faidherbe,*
*Se dresse un être tel qu'un soir de Walpurgis*

Gœthe en rêve ! Est-ce toi, Belzebuth, qui surgis ?
Cornu, fauve, pileux, ayant des pieds de chèvres,
Pareils à ceux qu'on peint sur les vases de Sèvres,
Ce bouc humain était nu comme un petit ver.
Son parfum n'était pas celui du vétiver,
Oh ! non, mais il faudrait Casimir Delavigne
Pour dépeindre le vert casimir de sa vigne.
« Que viens-tu faire ici parmi ces alhambras
« De verdure ? fit-il en me prenant le bras.
« Est-on vêtue, au fond des bois, quand on est belle ?
« Pourquoi sur tes appas l'absurbe ribambelle
« De ces linges épais, tristes et tuyautés ?
« En fait d'attraits Cybèle aime les loyautés.
« Notre Worth est zéphyr : son aune est son haleine,
« O naïade, ôte-nous ce corset de baleine.
« Sous nos bouleaux d'argent le nud est de rigueur. »
— Moi, je me défendais, oui, Berr, avec vigueur.

BERR.

Je l'espère !

MADEMOISELLE PANOT.

Insolent ! — Alors un autre faune
Sort d'un frêne qui s'ouvre et je demeure aphone
A voir de tous les troncs écorchés des massifs
Émerger des milliers de chevrepieds lascifs.
Que faire ? Mon salut résidait dans mes jambes.

Je les aligne donc comme au loto deux ambes,
Et de courir !... Les pans velus, clopin-clopant,
Suivis des ægipans boitaient en galopant,
Et pour leur échapper je traversais des rondes
De femmes qui tournaient si vite que les frondes
Au poignet du frondeur sifflent moins follement.
Parfois seule et rêveuse en son isolement
Une nymphe étalait la blancheur de ses charmes ;
Je l'enjambais. Enfin par les ormes, les charmes,
Trembles, cèdres, bouleaux, saules et châtaigniers,
Cruels Faunes, avant que vous ne m'atteigniez,
J'ai gagné la grand'route, où des gardes-champêtres,
Armés du tube étroit d'où partent les salpêtres,
M'ont pacifiquement montré le Bal Willis.
Sommes-nous donc, mon cher, au pays des willis,
Qu'on me force à danser tous les pas de Gisèle ?
Je ne suis pas plus faite au rôle de gazelle
Par mon emploi que vous au rôle de pierrot !


BERR.


Enfant de l'Odéon, c'est la faute à Corot.
Ce peintre en qui chantait une âme bucolique
Nourrissait pour Diane un feu mélancolique.
Il en eut tant d'enfants qu'ils errent dans les bois,
Égratignant le sistre, écorchant les hautbois,
Fous, ivres !... Vous avez traversé dans l'orgie
La forêt de Bondy de la Mythologie.

MADEMOISELLE PANOT.

*Mais alors à qui donc ici bas se fier ?*
*Monsieur Porel hier m'envoie un estafier*
*Pour me dire qu'un homme en qui, chaque trimestre,*
*L'éditeur décoré le dispute au bourgmestre*
*Organise une fête, où de très pauvres gens*
*Nommés Poètes font l'aumóne aux indigents*
*Avec des rimes dont la moins riche figure*
*Le capital fictif d'un Fonds qu'on inaugure,*
*Et que par conséquent j'y dois être. J'y suis !*

BERR, galamment.

*Et c'est le principal.*

MADEMOISELLE PANOT.

         *Mais qu'y fais-je? A quels huis*
*Dois-je frapper? Quels vers veut-on que j'interprète*
*De Leconte de Lisle ou d'Hugo, je suis prête.*

BERR.

*Ma petite Panot, tu t'en ferais mourir !*
*A de plus humbles luths nous devons recourir.*
*Pour des chantres géants il faut des cataclysmes.*
*Perce-t-on des flegmons comme on perce des isthmes?*
*Les pauvres de ce lieu sont des pauvres menus,*
*De bons truands discrets et des gueux retenus*
*Qu'on ne voit point pareils à ceux des grandes villes,*

*Harceler les bourgeois de complaintes serviles.*
*Ils sont les malheureux d'une heureuse cité,*
*Et le soleil sourit à leur mendicité.*
*Car tout rayonne et chante en ce frais élysée*
*Par qui la vision douce est réalisée*
*D'un jardin de poète à l'abri d'un coteau!*
*Je n'irais pas plus loin pendre mon ex-voto.*
*C'est ici le Tibur de nos sages Horaces.*
*Loin des soucis rongeurs et des luttes voraces*
*Ils y sont tous venus et Balzac qu'embêta*
*La gent huissière, et toi, généreux Gambetta,*
*Espoir déçu d'un peuple aux révoltes hardies.*
*Hélas! comme le vent pleure autour des Jardies!*

Il se retourne.

*Mais écoutez. Quel est ce clair chant de cristal?*
*C'est la source. Déjà sous Pépin d'Héristal*
*Elle donnait à boire aux Rois, dit la chronique.*
*Comme le voile blanc de Sainte Véronique*
*Garde immortellement le masque de Jésus*
*L'image de Corot érigée au-dessus*
*De la vasque et qui flotte en son miroir brisée*
*Éternise la tête ironique et frisée*
*Du peintre qui solda son génie en bonté.*
*D'autres moins morts, ou moins vivants, à volonté,*
*Peuplent encore avec une auréole moindre*
*Ces beaux lieux où parfois deux cœurs viennent se joindre.*
*C'est ainsi que l'on montre aux Anglais un normand*

*Qui prouva qu'à côté d'un bon sonnet l'or ment,*
*Et ce metteur en scène auquel de vrais Shaspeares*
*Doivent de n'avoir point souvent des échos pires !*
*Autour d'eux l'électeur, administré naïf,*
*Le gai petit rentier qu'eût célébré Baïf*
*Évolue, et s'adonne au repos du dimanche.*
*Au bout de cette perche à laquelle il s'emmanche*
*Voyez ce naturel qui pêche dans l'étang.*
*Et cet autre, perché comme un orang-outang*
*Sur son arbre et qui dort à jambes rebindaines.*
*Admirez l'intérêt que prennent ces bedaines*
*A darder tour à tour des palettes de plomb*
*Sur un liège chargé de cuivre et sans aplomb !*
*O cygne de Cambrai, voici donc ta Salente !*
*Cette félicité n'a point d'équivalente*
*Et dans Ville-d'Avray gouverne le bonheur,*
*Car les pauvres qu'elle a lui font encor honneur.*
*Quêtons. Ils ont la part de Marthe, la meilleure.*

Il prend la main de M^lle Panot et s'avance dans l'enceinte.

*Pas pour le pain, Messieurs... Mesdames, pour le beurre.*